Analyse de l'œuvre

Par Nadège Nicolas et Eloïse Murat

La Peau de chagrin

de Balzac

lePetitLittéraire.fr

Rendez-vous sur lepetitlitteraire.fr et découvrez :

Plus de 1200 analyses
Claires et synthétiques
Téléchargeables en 30 secondes
À imprimer chez soi

HONORÉ DE BALZAC

ÉCRIVAIN FRANÇAIS

- **Né en 1799 à Tours**
- **Décédé en 1850 à Paris**
- **Quelques-unes de ses œuvres :**
    - *Les Chouans* (1829), roman
    - *Eugénie Grandet* (1833), roman
    - *Le Père Goriot* (1834-1835), roman

Honoré de Balzac est l'un des écrivains français majeurs du XIXe siècle. Jeune homme, il s'ouvre les portes des milieux aristocratiques parisiens qu'il ne cessera de fréquenter. Mais des entreprises désastreuses et un train de vie excessif le ruineront rapidement : l'écriture littéraire, pratiquée avec passion et assiduité, deviendra pour lui le seul moyen de rembourser ses dettes.

Ambitieux, il s'attèle à une œuvre monumentale, *La Comédie humaine*, qui compte plus de quatre-vingt-dix romans, et dont le but est de dresser un portrait exhaustif de la société de son temps (pour « faire concurrence à l'état civil »). Parmi ses romans les plus célèbres, on trouve *Eugénie Grandet* et *Le Père Goriot*.

Balzac est considéré comme l'un des pères du roman réaliste moderne.

LA PEAU DE CHAGRIN

UN ROMAN ENTRE RÉALISME ET FANTASTIQUE

- **Genre :** roman
- **Édition de référence :** *La Peau de chagrin*, Gallimard, coll. « Folio classique », 2007, 448 p.
- **1ʳᵉ édition :** 1831
- **Thématiques :** conte fantastique, pacte avec le diable, importance du désir chez l'homme, tentation.

La Peau de chagrin parait en 1830 dans *La Revue des deux mondes*. Il ne sera publié en volume qu'en 1831. Cet ouvrage fait partie de *La Comédie humaine*.

Le récit raconte l'histoire de Raphaël, un jeune homme désargenté, qui est sur le point de se suicider et qui trouve une peau de chagrin qui peut exaucer tous ses vœux en échange de sa propre vie. Le texte se divise en trois parties : la première est consacrée à la découverte par le personnage principal de la peau de chagrin et de ses pouvoirs, la deuxième raconte le passé du héros qui explique comment il a perdu sa fortune, la troisième évoque sa lente agonie. *La Peau de chagrin* est donc l'histoire d'un suicide retardé. Tout au long du livre, le lecteur se demande si les éléments fantastiques sont réels ou s'il ne s'agit que des hallucinations d'un mourant…

RÉSUMÉ

PREMIÈRE PARTIE – LE TALISMAN

Un jeune homme se rend dans un tripot. À l'entrée, un vieillard lui demande, selon l'usage, de lui remettre son chapeau. Décrit comme « le Jeu incarné » (p. 23), ce vieillard prédit la déchéance probable de l'inconnu. Lorsque celui-ci fait son entrée dans la maison de jeu, un sentiment d'épouvante emplit la salle. Après avoir misé et perdu, le joueur anonyme repart et fait le projet de se jeter dans la Seine la nuit même. En attendant son heure, il erre dans Paris et, dépité, il entre dans une boutique d'antiquités. Alors qu'il détaille les bibelots, une apparition soudaine le surprend et l'angoisse. Le jeune homme croit d'abord à un être surnaturel avant de comprendre qu'il s'agit du marchand. Les deux hommes conversent et, alors que son client lui exprime son malheur, le marchand lui présente la plus extraordinaire de ses pièces : une peau de chagrin se présentant sous la forme d'un cuir dont le grain extrêmement poli réfléchit la lumière de telle sorte que l'objet semble rayonner. Sur cette peau, une sentence en sanscrit indique que celui qui la possèdera verra se réaliser tous ses désirs en échange de sa vie. Le vieux marchand tente de dissuader son interlocuteur de pactiser avec cet objet maléfique, en vain. En sortant de la boutique, l'inconnu rencontre des amis et, à partir de ce moment, quitte son anonymat pour devenir Raphaël. Il fait le souhait d'avoir un diner somptueux, de belles femmes et de l'argent ; ses amis lui offrent la direction d'un journal et l'emmènent dans un hôtel de la rue Joubert se repaitre de nourriture et de luxure.

DEUXIÈME PARTIE – LA FEMME SANS CŒUR

Raphaël raconte sa vie à son ami Émile. Il lui rapporte sa première expérience du jeu : son père lui avait confié une bourse dont il a dépensé le contenu à son insu aux jeux. Par bonheur, il avait gagné et avait pu restituer la bourse intacte à son père. Celui-ci, ayant estimé pouvoir faire confiance à son fils, lui avait alors annoncé qu'il lui verserait régulièrement une somme d'argent pour subvenir à ses besoins. Malheureusement, Raphaël et son père, qui avait vendu ses quelques biens pour aider le jeune homme à rembourser ses dettes, furent ruinés. Son père étant mort peu après, Raphaël s'était retrouvé seul, pauvre et démuni, ne sachant quel comportement adopter en société, notamment vis-à-vis des femmes. Émile se montre d'abord ironique face à ces confidences, mais l'amertume des propos de son ami le rend plus attentif.

Raphaël raconte sa misère et évoque les endroits où il a vécu : dans une mansarde où, seul, il s'appliquait à écrire une *Théorie de la volonté*, puis chez des hôtes, une jeune adolescente, prénommée Pauline, et sa mère. La mère de Pauline n'ayant pas les moyens de payer l'éducation de sa fille, Raphaël lui avait proposé ses services.

Séduit par l'adolescente, Raphaël ne parvient cependant pas à passer outre son mépris pour la pauvreté : ne l'attirent vraiment que les femmes belles et riches. C'est ainsi qu'il tombe sous le charme de la comtesse Fœdora que lui présente son ami Rastignac, un habitué de la haute société. Celle-ci a la réputation de repousser tous ses prétendants.

Raphaël dépense sa maigre fortune pour la séduire. Alors qu'il confie sa détresse et ses soucis financiers à Pauline, cette dernière lui prédit qu'il aimera une femme riche qui le tuera.

Un soir, Raphaël s'immisce dans la chambre de Fœdora pour passer une nuit chez elle à son insu. Caché derrière un rideau, il surprend une conversation entre la comtesse et ses invités ; ceux-ci parlent de lui. Alors que son ami Rastignac le défend, Fœdora, quant à elle, s'en moque. Comprenant finalement qu'elle ne tolère sa présence que dans le seul but de servir ses intérêts, Raphaël lui demandera plus tard de lui accorder une soirée en tête-à-tête, soirée à l'issue de laquelle ils se quittent froidement.

Raphaël veut se suicider, mais Rastignac l'en dissuade et lui propose plutôt d'aller jouer. Le jeune homme, ayant fait le vœu de ne jamais plus entrer dans une maison de jeu, refuse, mais laisse son argent aux bons soins de Rastignac. Celui-ci rentre vainqueur. Le lendemain, Raphaël s'achète des meubles, loue un appartement et se procure des chevaux. Il se plonge alors dans une vie de débauche. Toutefois, s'il s'étourdit, il reste insatisfait. Il fait alors un vœu à la peau de chagrin. Celui-ci se réalise rapidement sous la forme d'un héritage dont il est l'unique bénéficiaire.

TROISIÈME PARTIE – L'AGONIE

Un vieillard se rend chez Raphaël, devenu le marquis de Valentin, mais le valet lui apprend que son maitre ne reçoit personne. Arrive alors Jonathas, l'intendant du marquis, et, surtout, son intermédiaire avec le monde. Le visiteur se présente comme l'un des anciens professeurs de Raphaël, M. Porriquet. Raphaël finit par accepter de le recevoir, mais le regrette amèrement : celui-ci est venu lui réclamer une faveur, ce qui oblige Raphaël à faire un vœu et à ainsi réduire la peau de chagrin et sa vie. Le soir, il se rend au spectacle où il retrouve Pauline, devenue une superbe femme. Raphaël, qui s'était juré de ne plus désirer une femme, succombe à son charme, d'autant plus qu'elle est devenue riche. Il fait un nouveau vœu : les amants se marient.

Cependant, ce vœu réduit à nouveau la peau de chagrin et, par la même occasion, sa vie. Il consulte les plus grands scientifiques pour résoudre cette énigme et tenter d'élargir la peau, sans succès. Les médecins, de leur côté, ne peuvent diagnostiquer le mal dont il est atteint. Séjournant aux thermes d'Aix, il est méprisé par les autres pensionnaires. S'ensuit un duel entre Raphaël et l'un d'eux. Grâce à la peau de chagrin, Raphaël en sort vainqueur. Il poursuit sa convalescence dans une ferme, puis finit par rentrer à Paris où il découvre les nombreuses lettres désespérées de Pauline. Mais Raphaël s'isole afin d'empêcher tout désir. Ne voulant pas mourir, il demande au médecin une potion qui le ferait dormir tout le jour – dormir signifiant toujours être en vie.

Toutefois, Pauline parvient à s'introduire chez Raphaël qui lui explique le sort dont il est victime. Lui avouant cela, il est pris d'un désir furieux pour elle. Effrayée, elle tente de lui échapper pour préserver la vie de celui qu'elle aime en l'empêchant d'émettre un nouveau souhait, mais Raphaël meurt dans ses bras : la prédiction de Pauline s'est ainsi réalisée.

ÉPILOGUE

Un dialogue s'instaure entre l'auteur et un lecteur autour de Pauline et Fœdora, les deux femmes essentielles de la vie de Raphaël. La première, évanescente, éthérée et irréelle, était une allégorie (personnification d'une idée abstraite) du désir et de l'amour ; la seconde, s'affichant dans tous les évènements mondains, était, quant à elle, l'allégorie de la société.

ÉTUDE DES PERSONNAGES

RAPHAËL

Raphaël, le personnage principal du roman, est un jeune noble ruiné au début du récit. Inadapté à la vie sociale, c'est un poète intelligent, sentimental et fataliste qui refuse de se servir des autres pour survivre. Il est le symbole de l'aristocratie vaincue par la bourgeoisie. Il est blond, pâle et mince. Il est comparé à « un ange sans rayon » (« Le talisman ») puis à « un jeune cadavre » (« L'agonie »). Ces images renforcent l'idée qu'il est mourant et qu'il est un ange déchu, comme Lucifer.

Raphaël est en réalité un double de Balzac : un jeune poète qui a du mal à s'adapter à la vie de la monarchie constitutionnelle et qui essaie de survivre grâce aux femmes riches. Il est superstitieux et nie la science. Pour lui, le fantastique est réel, le mal existe et le savoir ne peut pas tout expliquer.

Depuis qu'il perd sa fortune et est obligé de vivre dans la misère qu'il méprise, Raphaël n'a plus de raison de vivre. Éloigné de toutes les personnes qu'il a connues, seul au monde, il est sur le point de se suicider lorsque le vieil antiquaire lui présente la peau de chagrin, qui peut exaucer tous ses souhaits en échange de sa vie. Il accepte de la prendre, par curiosité et désespoir, bien que l'antiquaire lui précise : « Votre suicide n'est que retardé. » (« Le talisman ») Dès qu'il sort du magasin d'antiquité, Raphaël retrouve ses amis et retourne dans la société. Ses premiers souhaits exaucés par la peau de chagrin le satisfont entièrement.

Mais lorsqu'il constate que la peau rétrécit et que sa santé se détériore, il essaye de ne plus rien désirer pour ne pas mourir. Malheureusement, il ne peut s'empêcher de vouloir encore et encore. Il s'isole de celle qu'il aime pour survivre, mais finit par mourir lorsqu'elle le retrouve.

Raphaël est un personnage torturé, tiraillé entre la frustration et l'assouvissement de ses désirs, la privation et la débauche, la pauvreté et le luxe, la mort et la vie. Il commence en étant un personnage pauvre et morbide, puis connait une réelle ascension sociale avant de replonger dans des problèmes de santé qui le ramène à la mort. La peau ne lui permet en réalité que de retarder son suicide, de vivre une dernière fois pleinement avant de mourir.

FŒDORA

La comtesse Fœdora est d'origine russe et a probablement déjà été mariée. Elle est intelligente, froide, superficielle et démoniaque. Son nom vient du latin *fœdus*, qui signifie « pacte » et qui n'est pas sans rappeler celui que Raphaël fait avec la peau de chagrin pour survivre.

Cette dernière charme les hommes qu'elle croise mais ne devient l'amante de personne. Elle manipule les hommes pour obtenir d'eux ce qu'elle veut. Elle est calculatrice et égoïste, elle laisse espérer les hommes sans rien leur laisser en retour.

Elle a les cheveux bruns, les lèvres rouges, les yeux orange, du duvet sur les lèvres et les joues. Elle a, par conséquent, une apparence plutôt animale. Cet élément participe à la déshumanisation de son personnage. Comme un animal, elle ne pense qu'à survivre au détriment des autres. Elle est désignée comme étant « la plus belle femme de Paris » (« Une femme sans cœur ») et, dans l'épilogue, comme une allégorie de la société : « Elle est partout, c'est, si vous voulez, la société. » (p. 375)

PAULINE

Pauline est, au début de l'histoire, une adolescente dont la mère loge Raphaël. Grâce au jeune homme, elle poursuit son éducation que sa mère ne peut plus payer depuis que son époux, chef d'escadron de la garde de Napoléon, est porté disparu. Pauline vit dans la misère et tombe très vite sous le charme de Raphaël. Malheureusement, elle ne peut rivaliser avec Fœdora, qui est plus âgée et plus riche.

Pauline est silencieuse et douce. Elle a les yeux noirs, la taille souple et elle est très belle. Elle est bienveillante envers Raphaël dès leur première rencontre. Elle semble posséder des pouvoirs magiques, car elle prédit à Raphaël qu'il sera tué par une femme riche. Contrairement aux autres personnages, elle reconnait le pouvoir de la peau de chagrin et semble mieux comprendre ce qui se passe que Raphaël.

Lorsque le jeune homme revoit Pauline adulte, elle est devenue riche et, par conséquent, beaucoup plus désirable à ses yeux. Pauline comprend que le désir qu'elle suscite chez l'homme qu'elle épouse risque de le tuer. Elle cherche à tout prix à le sauver, en vain. Tout au long du récit, elle est séparée de l'homme qu'elle aime par la pauvreté puis par la mort. Ils ne sont jamais réellement heureux ensemble.

Pauline cause finalement la perte de Raphaël, malgré tout son amour pour lui. À la fin du récit, ses cheveux sont bruns, comme ceux de Fœdora.

Pauline et Fœdora s'opposent sur de nombreux points. La première possède un charme naturel, ressent un véritable amour et a une grande bonté pour chacun, alors que la seconde est d'une grande superficialité, glaciale et ne semble pas avoir de sentiment. Elles sont opposées jusque dans leur couleur de cheveux : en effet, au XIXe siècle et jusqu'à très récemment, dans l'imaginaire collectif du monde occidental, la femme blonde est gentille, tandis que la femme brune est méchante. Les couleurs de cheveux des personnages correspondent donc bien à leur place dans l'histoire. À la fin du récit, les cheveux de Pauline deviennent bruns comme ceux de Fœdora : elle est devenue, malgré elle, la mort qui emporte Raphaël. Toutes deux sont des femmes fatales, qui ne sont pas animées par les mêmes désirs.

RASTIGNAC

Rastignac est un ami de Raphaël et semble se montrer bienveillant envers lui. En réalité, il n'est animé que par ses propres désirs : l'envie de dépenser de l'argent, même celui qui n'est pas à lui, de mener une vie faite d'oisiveté et de plaisir. Il est très à l'aise dans la haute société et tente de guider Raphaël. Il est surtout pour ce dernier une allégorie de la tentation : il le tente aux jeux en gagnant à sa place et, en lui présentant la comtesse Fœdora, il le pousse à désirer une femme. Rastignac est en réalité un personnage malveillant, qui utilise les autres pour son propre profit et qui, par conséquent, se débrouille très bien en société, comme Fœdora.

LA COMMUNAUTÉ SCIENTIFIQUE

Naturaliste, chimiste, physicien et médecins, tous se révèlent impuissants face aux énigmes que constituent la peau de chagrin et la maladie de son propriétaire. Représentants de la science et du progrès, ils défilent telle une bande de charlatans, émettant tous des avis différents et contradictoires à propos des manifestations mystérieuses dont ils sont les témoins. Ils acceptent difficilement d'avouer qu'ils n'ont pas de réponse.

CLÉS DE LECTURE

UN ROMAN RÉALISTE ET FANTASTIQUE

Le réalisme

La Peau de chagrin est avant tout un roman réaliste. Le réalisme est un courant littéraire et artistique qui a vu le jour au milieu du XIXᵉ siècle et dont Balzac a été le chef de file. Ce mouvement se caractérise par le désir d'imitation du réel : il s'agit, pour les écrivains, d'être le plus objectif possible. Ils ne cherchent plus, dès lors, à idéaliser ce qu'ils décrivent, mais à décrire le réel tel qu'il est.

Dans *La Peau de chagrin*, on constate en effet que l'auteur dépeint la société de son époque, ainsi que le contexte de la restauration de la monarchie en France (1814-1830). Il présente la vie de ses contemporains en abordant toutes les classes sociales, des plus nanties aux plus défavorisées, sans idéalisme, mais avec nuance et objectivité.

Du point de vue stylistique, le réalisme se retrouve dans la multiplicité de petits détails permettant la vraisemblance du récit. Balzac excelle dans les longues énumérations et dans les descriptions minutieuses. Ainsi, dans *La Peau de chagrin*, l'auteur décrit à grand renfort d'adverbes, d'adjectifs et de métaphores les merveilles et les bibelots que recèle le cabinet d'antiquités sur plusieurs pages. Ces descriptions permettent au lecteur de ressentir pleinement l'atmosphère et les décors dans lesquels évoluent les personnages.

Le fantastique

Mais cette œuvre possède également des éléments fantastiques, car elle introduit dans un monde réaliste un élément surnaturel : la peau de chagrin. Raphaël est au début de l'histoire confronté aux aléas d'une vie de misère : il est incapable de réaliser ses ambitions d'écrivain ou d'homme de la haute société et il est malheureux, tant au jeu qu'en amour. Son univers bascule avec l'apparition de la peau de chagrin, objet doté d'un pouvoir singulier et indéfinissable de manière rationnelle. Cette peau est un objet fantastique, mais elle ne présente pas de propriétés magiques. Aussi le fantastique vient-il de la société elle-même : à partir du moment où Raphaël détient la peau de chagrin, son quotidien devient exceptionnel et la réalité un cauchemar.

Le caractère fantastique s'assortit d'une atmosphère d'angoisse qui croît tout au long du récit : l'apparition de la peau de chagrin a lieu le soir ; le personnage anonyme projette de se suicider ; l'antiquaire surgit comme une apparition surnaturelle, etc. La troisième partie du récit (« L'agonie ») reflète également l'angoisse extrême du personnage, qui tente désespérément de contrer le sort jusqu'au dénouement tragique.

Réalisme ou fantastique ?

L'articulation du réalisme et du fantastique dans ce roman est tout à fait spéciale. Les première et troisième parties contiennent des éléments fantastiques alors que la deuxième partie ne contient que des éléments réalistes. Cette différence entre les parties se marque aussi temporellement : la première et la troisième se passent dans le présent alors que la deuxième est un retour sur le passé de Raphaël.

Tout au long du récit, le lecteur a donc du mal à savoir si ce qu'il lit est réaliste ou fantastique. En effet, Raphaël voit des éléments fantastiques partout (notamment dans les évènements et dans les personnes qu'il rencontre), mais la plupart d'entre eux peuvent être expliqués rationnellement ou être le fruit d'une simple coïncidence. À la fin du livre, le lecteur est en droit de se demander si toute cette histoire n'est pas simplement réaliste et si les éléments fantastiques ne venaient pas uniquement des hallucinations d'un mourant. Raphaël aurait simplement eu la chance de retrouver ses amis, d'hériter d'une grande fortune puis la malchance de tomber malade et d'en mourir.

Pourtant, un élément fantastique reste inexpliqué jusqu'à la fin : la peau de chagrin et la manière dont elle rétrécit petit à petit. Aucun des médecins et savants que Raphaël appelle n'est capable d'expliquer ce phénomène et de l'inverser. C'est cette absence d'explications à propos de la peau de chagrin qui pousse le lecteur jusqu'au bout à penser que le fantastique est bien présent dans le récit.

UN ROMAN PHILOSOPHIQUE

La Peau de chagrin développe également une réflexion sur le sens de la vie et se rapproche, par conséquent, d'un roman philosophique. Balzac pose plusieurs questions : pour être heureux, doit-on apprendre à gérer nos frustrations ou doit-on assouvir tous nos désirs ? Vouloir à tout prix se protéger des souffrances et de la mort, est-ce vraiment vivre ? Est-ce que vivre vieux et sans plaisir comme le vieil antiquaire serait préférable à mener une vie intense et courte comme celle de Raphaël ?

Lorsqu'il lui donne la peau de chagrin, le vieil antiquaire parle du sens des verbes « savoir », « vouloir » et « pouvoir » dans la vie d'un homme : « *Vouloir* nous brûle et *pouvoir* nous détruit, mais *savoir* laisse notre faible organisation dans un perpétuel état de calme. » (« Le talisman ») Ainsi, d'après lui, « vouloir » et « pouvoir » sont la cause de la perte de l'homme alors que « savoir » est ce qui l'aide à trouver un équilibre dans sa vie. D'ailleurs, l'antiquaire se vante d'être heureux, car il ne garde dans sa propre vie que le savoir et écarte le vouloir et le pouvoir.

Dans ce roman où tout fonctionne par trinité (un triangle amoureux, trois médecins, etc.), on remarque qu'un personnage peut être associé à chacun de ces verbes. Raphaël est le savoir car il tente de trouver un équilibre à sa vie, Pauline est le vouloir car elle est l'objet de désir qui mène Raphaël à sa perte, et Fœdora est le pouvoir, car elle peut tout sans rendre de compte à personne. À la fin du livre, le savoir est en échec car même les plus grands savants et médecins ne parviennent pas à expliquer le mystère de la peau de chagrin. Le vouloir de Raphaël, personnifié par la peau, est plus puissant que le savoir et c'est ce qui le mènera à sa perte. Au début, le jeune homme voulait tout et ne pouvait rien. À sa mort, il peut tout mais ne veut rien. Les forces se sont inversées. À trop désirer et trop obtenir, il ne désire plus et perd le gout de vivre.

Pour survivre dans cette société parisienne des années 1830, il faut avoir à la fois le vouloir, le pouvoir et le savoir, comme le personnage de Fœdora. Cette dernière est une « femme sans cœur », froide, égoïste, qui met en avant son instinct de conservation et le règne de l'argent. Elle est à la fois une image de la société et de l'attitude qu'il faut adopter pour y survivre. Raphaël ne survit pas car son vouloir est beaucoup plus présent que le reste. Et même lorsque son pouvoir devient infini grâce à la peau de chagrin, ce n'est pas assez puissant pour le sauver. Finalement, le doute persiste : est-ce que Balzac dénonce les ravages du désir ou, au contraire, fait-il l'apologie des passions humaines ?

LES ALLÉGORIES

Dans *La Peau de chagrin*, les personnages ne se contentent pas de jouer leur rôle. En plus de les avoir dotés d'une histoire et d'un caractère riches, Balzac leur a donné tant de caractéristiques qu'ils deviennent de véritables allégories. Ainsi, Fœdora est l'allégorie de la société ; elle est au-dessus de tout le monde ; froide, elle ne ressent aucune émotion et n'a aucune pitié. Elle s'impose et détruit les autres pour survivre. Comme la société, elle base toute sa vie sur l'apparence et ne laisse à aucun prix transparaitre ses faiblesses. Le personnage est très à l'aise en société car il est lui-même la société.

Pauline, quant à elle, est à la fois l'allégorie de la vie et de la mort. Jeune, belle, amoureuse et pleine d'espoir, elle représente le début d'une vie, la perspective d'un avenir heureux. Généreuse envers les autres, prête à aider celui qu'elle aime au détriment de son propre bonheur, sa bienveillance tire

Raphaël, personnage suicidaire, vers la vie. Pourtant, à la fin du roman, elle se voit malgré elle endosser le rôle de la mort car Raphaël ne peut réfréner son désir pour elle. Elle a prédit sa mort longtemps avant et semble venir le chercher, à la fin, à la manière d'une faucheuse, alors que son plus grand désir était de le maintenir en vie.

Rastignac est, quant à lui, l'allégorie de la tentation : membre actif de la société, il se meut très bien dans cet environnement et est d'ailleurs un ami proche de Fœdora, la société elle-même. Il ne pense qu'au plaisir, il est insouciant et il s'amuse à tenter son entourage. Tentation au jeu pour s'enrichir, tentation de posséder une femme inaccessible, tentation de s'élever dans la société... Rastignac est un personnage qui donne de l'espoir à son entourage mais qui, au final, ne mène les personnes qui le suivent qu'à leur perte.

Enfin, Raphaël est l'allégorie de l'aristocratie déchue. Noble désargenté, sa place est dans une société qu'il ne peut se payer. Sans la peau de chagrin, il ne parvient pas à assumer les lourdes dépenses que lui imposent la société et Fœdora. À travers ce personnage, Balzac exprime le sentiment que l'aristocratie n'est plus apte à vivre dans la société de la monarchie constitutionnelle. Cette société est à présent réservée à ceux qui possèdent l'argent, c'est-à-dire les bourgeois.

LES THÉMATIQUES DU LUXE, DES APPARENCES ET DU JEU

Le roman oppose constamment les affres de la misère à la

belle vie oisive de la riche société. La richesse et le pouvoir sont présentés à la fois comme un but, presque comme une nécessité, mais aussi comme une illusion. En effet, ce qui brille attire la convoitise, mais ne rend pas heureux pour autant :

- Fœdora, très riche, suscite le désir des hommes qui la côtoient, mais elle n'est capable d'aucun sentiment et ne leur offre que désarroi et souffrance ;
- la peau de chagrin comble Raphaël dans un premier temps puisqu'elle lui permet de satisfaire ses besoins et de devenir riche, mais, par la suite, elle le plonge dans une angoisse grandissante, à tel point qu'il s'efforce de ne plus rien souhaiter pour préserver sa vie. Pour ne pas mourir, Raphaël se prive de tout plaisir ;
- la richesse de Pauline la rend plus désirable aux yeux de Raphaël, mais cet amour le conduit à sa perte.

Le jeu est également présent dès le départ et se présente sous différentes formes :

- **jeu d'argent**. Le début du roman se déroule dans un tripot, Raphaël raconte une anecdote sur sa première expérience du jeu, Rastignac propose à Raphaël d'aller jouer lorsque celui-ci se retrouve ruiné ;
- **jeu de l'amour**, entre Fœdora et ses courtisans, notamment.

Mais, dans tous les cas, le jeu ne mène qu'à la souffrance et à la déchéance. Le destin de Raphaël est d'ailleurs présagé dès les premières pages par le biais du vieillard : « C'était le Jeu incarné [...]. L'inconnu n'écouta pas ce conseil vivant, placé là sans doute par la Providence [...]. » (« Le talisman »)

LA THÉMATIQUE DU MALÊTRE DANS LA JEUNESSE

Lorsqu'est proclamée la monarchie constitutionnelle, la France est une fois de plus troublée par des changements politiques. Dans un pays qui tente de se relever des ruines d'un empire, qui essaye de se réorganiser, les jeunes ne trouvent plus réellement leur place. Ils cherchent donc à fuir cette société qui n'est pas faite pour eux, cette réalité qu'ils ne veulent pas vivre. L'histoire de *La Peau de chagrin* évoque ce désenchantement de la jeunesse que Balzac a vécu lui-même. Les jeunes Parisiens cherchent une autre réalité, une autre société et un autre monde :

- ils cherchent une autre société en se jetant dans le luxe et la débauche, dans les jeux et l'orgie. Ivres, satisfaits sous tous les points et faignant d'être heureux, ils fuient cette France qui les accueille mal. Le jeu et les enjeux amoureux leur donnent une raison de vivre, un but à poursuivre et remplace la monotonie de leur vie ;
- Raphaël fuit la réalité en voyant des éléments fantastiques partout où il se rend. À ses yeux, ses connaissances se transforment en démons, et tout le monde lui veut du mal. Seule la magie de la peau de chagrin parvient à changer son quotidien, à pimenter sa vie qui arrive à son terme ;
- enfin, tous les jeunes personnages du roman semblent immanquablement attirés par l'Orient et ses mystères. De la boutique d'antiquités à l'inscription en sanscrit sur

la peau de chagrin, du salon de Fœdora au banquet, de la serre à la mansarde, les longues descriptions de Balzac sont toujours teintées de références à des couleurs, des senteurs et des coutumes orientales.

Les jeunes personnages sont donc à la recherche d'un autre réel, d'un ailleurs social et d'un ailleurs géographique, bien lointain de la France, où tout leur semble possible. Ils forment une société dans la société, et tout le monde ne peut pas y survivre.

LA THÉMATIQUE DU PACTE AVEC LE DIABLE

La Peau de chagrin s'inspire directement du drame de Goethe (écrivain allemand, 1749-1832) *Faust*, assez populaire au XVIIIe siècle. De la même manière que Faust, Raphaël fait un pacte avec le diable pour obtenir quelque chose en échange de sa vie. La peau de chagrin exauce tous ses vœux mais lui enlève à chaque fois un peu de temps de vie. Cette peau lui est donnée par le vieil antiquaire, dont la description oscille entre le Père éternel et Méphistophélès, le personnage diabolique présent dans le conte de Faust. Ainsi, lorsqu'il doit choisir entre prendre la peau ou la laisser, Raphaël est déjà confronté au choix du bien ou du mal. Doit-il mourir honnêtement ou doit-il utiliser le pouvoir de la peau, et donc du diable, pour vivre un peu plus longtemps ? Le personnage est, comme celui de Faust, finalement emporté par le mal.

À partir de ce moment, le monde entier lui semble diabolique : Rastignac et Fœdora (qui le pousse à vendre le tombeau de sa mère pour lui offrir quelque chose), les femmes de l'orgie, le personnage de Taillefer qui doit sa fortune à un double meurtre, le personnage d'Euphrasie, « un démon sans cœur », dont Raphaël a souhaité qu'elle devienne l'objet du désir du vieil antiquaire qui se vantait de ne rien vouloir. Raphaël lui-même, de par sa comparaison à un « ange déchu », se rapproche de Lucifer. Ainsi, jusqu'à la fin du récit, le mal est partout et le diable l'emporte, malgré les efforts de Raphaël et de Pauline.

PISTES DE RÉFLEXION

QUELQUES QUESTIONS POUR APPROFONDIR SA RÉFLEXION...

- En quoi *La Peau de chagrin* peut-elle être qualifiée de roman fantastique ?
- *La Peau de chagrin* est parfois qualifiée de conte philosophique. Qu'en pensez-vous ?
- Que pouvez-vous dire de la place que Balzac accorde à la volonté humaine dans son roman ? Développez et argumentez votre réponse en vous basant sur l'exemple de Raphaël.
- Dans la troisième partie du roman, Raphaël tente de se prémunir de tout désir afin de retarder la mort. Selon vous, peut-on vivre pleinement sans prendre de risques ?
- Décrivez et comparez l'attitude de Raphaël avec celle d'Eugène de Rastignac face à la misère et au luxe.
- Le jeu est l'un des thèmes principaux de ce texte. Comment est-il évoqué dans le récit et quelle est l'attitude de Raphaël face aux jeux d'argent et aux jeux de l'amour ?
- Deux figures féminines (Fœdora et Pauline) s'opposent dans le roman. Quelles valeurs (positives ou négatives) symbolisent-elles ?
- Comment la science est-elle évoquée dans le roman ? Selon vous, la science et le progrès sont-ils à même de répondre aux questions existentielles de l'homme ?
- Expliquez pourquoi les trois parties du roman sont successivement intitulées « Le talisman », « La femme sans cœur » et « L'agonie ».

- Selon vous, est-il nécessaire d'assouvir tous ses désirs pour être heureux ou vaut-il mieux apprendre à gérer les frustrations inévitables ? Argumentez votre réponse.

POUR ALLER PLUS LOIN

ÉDITION DE RÉFÉRENCE

- Balzac H. de, *La Peau de chagrin*, Paris, Gallimard, coll. « Folio classique », 2007.

ÉTUDES DE RÉFÉRENCE

- Gengembre G., *Balzac, le Napoléon des lettres*, Paris, Gallimard, 1992.
- Giuliano C., *Enjeux dans la description balzacienne dans* La Peau de chagrin, Toulouse, Université Jean-Jaurès, 2010.
- Lee H.-S., *La manipulation de l'énonciateur dans* La Peau de chagrin *de Balzac*, Toulouse, Université Jean-Jaurès, 1997.

SUR LEPETITLITTÉRAIRE.FR

- Commentaire portant sur le dénouement du *Colonel Chabert* de Balzac.
- Commentaire portant sur l'incipit du *Père Goriot* de Balzac.
- Commentaire portant sur le portrait du Père Grandet dans *Eugénie Grandet* de Balzac.
- Fiche de lecture sur *Ferragus* de Balzac.
- Fiche de lecture sur *Le Colonel Chabert*.
- Fiche de lecture sur *Le Père Goriot*.
- Fiche de lecture sur *Eugénie Grandet*.
- Fiche de lecture sur *L'Élixir de longue vie* de Balzac.

- Fiche de lecture sur *Illusions perdues* de Balzac.
- Fiche de lecture sur *La Duchesse de Langeais* de Balzac.
- Fiche de lecture sur *La Femme de trente ans* de Balzac.
- Fiche de lecture sur *Sarrasine* de Balzac.
- Fiche de lecture sur *La Cousine Bette* de Balzac.
- Fiche de lecture sur *Le Chef-d'œuvre inconnu* de Balzac.
- Fiche de lecture sur *La Fille aux yeux d'or* de Balzac.
- Fiche de lecture sur *Les Chouans* de Balzac.
- Fiche de lecture sur *Le Bal de Sceaux* de Balzac.
- Fiche de lecture sur *Le Lys dans la vallée* de Balzac.
- Questionnaire de lecture sur *Le Colonel Chabert*.
- Questionnaire de lecture sur *Eugénie Grandet*.
- Questionnaire de lecture sur *Le Chef d'œuvre inconnu*.

Retrouvez notre offre complète sur lePetitLittéraire.fr

- des fiches de lectures
- des commentaires littéraires
- des questionnaires de lecture
- des résumés

ANOUILH
- Antigone

AUSTEN
- Orgueil et Préjugés

BALZAC
- Eugénie Grandet
- Le Père Goriot
- Illusions perdues

BARJAVEL
- La Nuit des temps

BEAUMARCHAIS
- Le Mariage de Figaro

BECKETT
- En attendant Godot

BRETON
- Nadja

CAMUS
- La Peste
- Les Justes
- L'Étranger

CARRÈRE
- Limonov

CÉLINE
- Voyage au bout de la nuit

CERVANTÈS
- Don Quichotte de la Manche

CHATEAUBRIAND
- Mémoires d'outre-tombe

CHODERLOS DE LACLOS
- Les Liaisons dangereuses

CHRÉTIEN DE TROYES
- Yvain ou le Chevalier au lion

CHRISTIE
- Dix Petits Nègres

CLAUDEL
- La Petite Fille de Monsieur Linh
- Le Rapport de Brodeck

COELHO
- L'Alchimiste

CONAN DOYLE
- Le Chien des Baskerville

DAI SIJIE
- Balzac et la Petite Tailleuse chinoise

DE GAULLE
- Mémoires de guerre III. Le Salut. 1944-1946

DE VIGAN
- No et moi

DICKER
- La Vérité sur l'affaire Harry Quebert

DIDEROT
- Supplément au Voyage de Bougainville

DUMAS
- Les Trois
  Mousquetaires

ÉNARD
- Parlez-leur
  de batailles,
  de rois et
  d'éléphants

FERRARI
- Le Sermon sur la
  chute de Rome

FLAUBERT
- Madame Bovary

FRANK
- Journal
  d'Anne Frank

FRED VARGAS
- Pars vite et
  reviens tard

GARY
- La Vie devant soi

GAUDÉ
- La Mort du
  roi Tsongor
- Le Soleil des
  Scorta

GAUTIER
- La Morte
  amoureuse
- Le Capitaine
  Fracasse

GAVALDA
- 35 kilos d'espoir

GIDE
- Les
  Faux-Monnayeurs

GIONO
- Le Grand
  Troupeau
- Le Hussard
  sur le toit

GIRAUDOUX
- La guerre de
  Troie
  n'aura pas lieu

GOLDING
- Sa Majesté des
  Mouches

GRIMBERT
- Un secret

HEMINGWAY
- Le Vieil Homme
  et la Mer

HESSEL
- Indignez-vous !

HOMÈRE
- L'Odyssée

HUGO
- Le Dernier Jour
  d'un condamné
- Les Misérables
- Notre-Dame
  de Paris

HUXLEY
- Le Meilleur
  des mondes

IONESCO
- Rhinocéros
- La Cantatrice
  chauve

JARY
- Ubu roi

JENNI
- L'Art français
  de la guerre

JOFFO
- Un sac de billes

KAFKA
- La Métamorphose

KEROUAC
- Sur la route

KESSEL
- Le Lion

LARSSON
- Millenium I. Les
  hommes qui
  n'aimaient pas
  les femmes

LE CLÉZIO
- Mondo

LEVI
- Si c'est un
  homme

LEVY
- Et si c'était vrai...

MAALOUF
- Léon l'Africain

MALRAUX
- La Condition humaine

MARIVAUX
- La Double Inconstance
- Le Jeu de l'amour et du hasard

MARTINEZ
- Du domaine des murmures

MAUPASSANT
- Boule de suif
- Le Horla
- Une vie

MAURIAC
- Le Nœud de vipères

MAURIAC
- Le Sagouin

MÉRIMÉE
- Tamango
- Colomba

MERLE
- La mort est mon métier

MOLIÈRE
- Le Misanthrope
- L'Avare
- Le Bourgeois gentilhomme

MONTAIGNE
- Essais

MORPURGO
- Le Roi Arthur

MUSSET
- Lorenzaccio

MUSSO
- Que serais-je sans toi ?

NOTHOMB
- Stupeur et Tremblements

ORWELL
- La Ferme des animaux
- 1984

PAGNOL
- La Gloire de mon père

PANCOL
- Les Yeux jaunes des crocodiles

PASCAL
- Pensées

PENNAC
- Au bonheur des ogres

POE
- La Chute de la maison Usher

PROUST
- Du côté de chez Swann

QUENEAU
- Zazie dans le métro

QUIGNARD
- Tous les matins du monde

RABELAIS
- Gargantua

RACINE
- Andromaque
- Britannicus
- Phèdre

ROUSSEAU
- Confessions

ROSTAND
- Cyrano de Bergerac

ROWLING
- Harry Potter à l'école des sorciers

SAINT-EXUPÉRY
- Le Petit Prince
- Vol de nuit

SARTRE
- Huis clos
- La Nausée
- Les Mouches

SCHLINK
- Le Liseur

SCHMITT
- La Part de l'autre
- Oscar et la
  Dame rose

SEPULVEDA
- Le Vieux qui
  lisait des romans
  d'amour

SHAKESPEARE
- Roméo et Juliette

SIMENON
- Le Chien jaune

STEEMAN
- L'Assassin
  habite au 21

STEINBECK
- Des souris et
  des hommes

STENDHAL
- Le Rouge et
  le Noir

STEVENSON
- L'Île au trésor

SÜSKIND
- Le Parfum

TOLSTOÏ
- Anna Karénine

TOURNIER
- Vendredi ou
  la Vie sauvage

TOUSSAINT
- Fuir

UHLMAN
- L'Ami retrouvé

VERNE
- Le Tour
  du monde
  en 80 jours
- Vingt mille
  lieues sous
  les mers
- Voyage au
  centre de
  la terre

VIAN
- L'Écume des jours

VOLTAIRE
- Candide

WELLS
- La Guerre des
  mondes

YOURCENAR
- Mémoires
  d'Hadrien

ZOLA
- Au bonheur
  des dames
- L'Assommoir
- Germinal

ZWEIG
- Le Joueur
  d'échecs

ISBN version numérique : 978-2-8062-9195-0
ISBN version papier : 978-2-8062-9196-7
Dépôt légal : D/2016/12603/920

Avec la collaboration d'Eloïse Murat pour l'analyse de Raphaël, de Fœdora et de Rastignac ainsi que pour les chapitres « Réalisme ou fantastique ? », « Un roman philosophique », « Les allégories », « La thématique du malêtre dans la jeunesse » et « La thématique du pacte avec le diable ».

Conception numérique : Primento,
le partenaire numérique des éditeurs.

Ce titre a été réalisé avec le soutien de la Fédération Wallonie-Bruxelles, Service général des Lettres et du Livre.